AF359962

BIBLIOTHÈQUE MORALE

DE

LA JEUNESSE

—

1re SÉRIE IN-18

CLAUDE

OU

LES SUITES FUNESTES DE LA GOURMANDISE

PAR

HENRI DE BELLAING

ROUEN

MÉGARD ET Cᵉ, LIBRAIRES-ÉDITEURS

1884

CLAUDE.

———

I.

— Oh! ma bonne, disait un jour Mᵐᵉ Benoît en levant les épaules, vous faites bien du bruit pour rien! Je vous promets que cela n'arrivera plus, n'est-ce pas, Claude?

Le petit bonhomme de sept ans à qui
Mme Benoît s'adressait secoua négati-
vement sa jolie tête blonde.

— Mais, madame, répondit la
pauvre bonne en tordant impatiemment
dans ses doigts les cordons de son
tablier, je vous assure que M. Claude,
que voilà, est le petit gourmand le
plus incorrigible de toute la France !

— De toute la France ! reprit en
riant Mme Benoît; allons, Madeleine,
vous y mettez de l'exagération.

— Du tout, madame, du tout. Qui
est-ce qui a mangé l'autre jour trois

pots de gelée de groseilles en une heure, et sans désemparer?...

— Eh bien! c'est moi, répondit effrontément Claude ; pourquoi t'avises-tu aussi de me mettre en pénitence dans la chambre aux confitures?

— C'est concluant! dit Mme Benoit.

— Ah! le méchant petit garçon, continua Madeleine en colère, ah! le méchant petit garçon qui ne se repent seulement pas.

— Mais si, dit Claude en faisant une petite moue hypocrite, je me repens beaucoup, ma bonne.

— Vous voyez, Madeleine ! s'écria Mme Benoît d'un air triomphant.

— Je me repens beaucoup de n'en avoir mangé que trois ! poursuivit le petit glouton avec une grimace moqueuse.

Mme Benoît détourna promptement la tête pour cacher son envie de rire.

— Voilà qui est beau ! dit Madeleine en s'échauffant de plus en plus. C'est comme l'autre jour que monsieur votre oncle voulait absolument chasser ce pauvre Antoine, le jardinier, parce que, disait-il, c'était un négligent qui laissait manger par les oiseaux ses plus belles cerises. Eh bien ! qui est-ce qui les suçait les cerises, avec l'attention de laisser le noyau ?

— Moi ! s'écria joyeusement Claude en passant sa langue sur ses lèvres, et je te garantis qu'elles sont bien bonnes, va !

A ces mots, la faible Mme Benoît ne put s'empêcher d'éclater de rire.

— Vous riez aujourd'hui, madame, reprit Madeleine avec beaucoup de bon sens ; hélas ! puissiez-vous ne pas pleurer plus tard d'avoir ri ! M. Claude n'est encore que gourmand ; un peu de patience, et vous le verrez menteur, et pis que cela peut-être.

Et Madeleine eut son congé pour avoir parlé à sa maîtresse avec trop de sincérité.

II.

Mme Benoît était une jeune veuve fort riche, qui se mourait lentement d'une maladie de poitrine, que son médecin, pour la rassurer, appelait un rhume chronique. Elle achevait de vivre à la campagne, chez un de ses oncles, vieux garçon qui avait rapporté d'Amériquc les épaulettes de capitaine et un goût forcené pour l'horticulture. On l'avait vu souvent poursuivre, le sabre à la main, les malheureuses chèvres qui broutaient inconsciemment ses jeunes plants; on rapportait même tout bas qu'une vache mal avisée avait perdu la vie dans un duel avec le capitaine, et les esprits faibles du village prétendaient que la pauvre bête revenait! Quand on parlait à Mme Benoît des vivacités iroquoises de son oncle :

— Que voulez-vous? répondait-elle en levant les épaules; c'est le meilleur

homme du monde; mais il hait telle-
ment les voleurs, tant bipèdes que
quadrupèdes, qu'il voudrait qu'ils
n'eussent qu'une tête pour se donner
le plaisir de la faire sauter.

Voilà pourquoi Mme Benoît, qui craignait son oncle comme le feu, s'était
mise dans une grande colère contre la
pauvre Madeleine, quand celle-ci lui
avait prédit d'un ton prophétique que
M. Claude deviendrait menteur, et pis
que cela! Hélas! l'oracle de la bonne
congédiée était plus sûr que celui de
Calchas.

Le jardin de M. Thomas, grand-
oncle et tuteur de Claude, n'était
séparé de celui du maire du village que
par un mur peu élevé. Or, le maire,
amateur aussi passionné de jardinage
que le capitaine lui-même, possédait
le plus beau poirier du canton. Très
souvent, Claude avait lorgné à une dis-
tance respectueuse les poires magni-
fiques du voisin ; souvent il se trouvait
en idée au milieu du nouvel Eden qui
contenait le fruit défendu ; mais il
entrevoyait toujours, sur le dernier
plan du tableau, son oncle armé d'une

énorme poignée de verges, et cette vision peu rassurante tenait sa gourmandise en échec.

Un soir pourtant, plus vivement tenté que de coutume, il s'empara de l'échelle du jardinier, et, grimpant sur le haut du mur mitoyen, il descendit comme il put de l'autre côté, à l'aide des espaliers. Ce ne fut pas sans s'être mis les mains en sang, car le voisin avait eu la précaution de garnir le faîte de la muraille de longues pointes de verre. Mais Claude s'inquiétait bien vraiment de quelques coupures, il était au pied du poirier ! Il serra ses jambes autour du tronc et s'avança comme un serpent jusqu'aux premières branches. La moitié de sa veste resta suspendue aux rugosités de l'arbre. Enfin, il se cramponna si bien aux rameaux saillants, qu'il se trouva perché comme un singe au milieu des plus belles poires. Il en mangea autant qu'il put, mais cela ne lui suffit pas, car il avait la maladie d'emporter dans ses poches.

Afin de se procurer les fruits les plus mûrs, Claude se mit à secouer rudement les plus hautes branches ; l'expérience lui réussit, et une grêle de fruits dorés tomba bruyamment sur la terre.

Il n'y avait pas un quart d'heure que Claude s'était emparé de son poste aérien, lorsqu'il entendit parler dans une allée couverte qui conduisait droit au poirier. O terreur ! c'était la voix bien connue de son grand-oncle.

— Je vous assure, mon voisin, disait le vieux capitaine, qu'il y a, au moment où je vous parle, un voleur dans votre poirier. Je viens de l'entrevoir du haut de ma terrasse. Votre fusil est-il chargé ?

— Peste ! je le crois bien, et à balles encore.

— Ayez pitié de moi ! murmura Claude terrifié.

— Allons, tirez, voisin ! reprit le capitaine avec sa voix des champs de bataille ; en joue, feu ! Ne vous gênez pas ; un voleur, voyez-vous, cela se tue comme un perdreau !

— Mais si mes balles l'atteignent ? dit le maire.

— Nous l'enterrerons sous le poirier.

Le coup part, et Claude, demi-mort, dégringole de branche en branche jusqu'à terre.

— Eh ! c'est mon propre neveu, dit le capitaine en jouant la surprise. Comment ! monsieur, non content d'être la fine fleur de la gourmandise, vous aspirez encore à devenir voleur ! C'est une ambition fort noble, je vous en fais mon compliment !

— Aïe ! aïe ! cria Claude, la tête à moitié enfoncée dans la terre.

— Etes-vous mort ? Voyons !

— Pas tout à fait, répondit en

pleurant le petit malheureux ; mais je suis tout brisé , et j'ai reçu cinq ou six balles je ne sais où....

— En vérité ! reprit son oncle avec le plus grand sang-froid. Que voulez-vous, monsieur ? Il faut bien payer les frais de votre apprentissage. Pouvez-vous marcher ?

— Hélas ! non.

— Tant pis, car je ne me soucie guère de me salir les mains en touchant un voleur !

— A tout péché miséricorde ! dit le maire en relevant le petit garçon ; je vais le faire porter chez vous par mon domestique.

— Vous êtes mille fois trop bon, monsieur : c'est en prison qu'il faudrait l'envoyer !

Mme Benoît eut des attaques de nerfs en voyant revenir son fils avec un lambeau de veste sur l'épaule, un pantalon tout déchiré, et pas la moindre apparence de chemise. Sa figure était barbouillée de poudre, de terre et de sang, comme celle d'un sauvage de l'Amérique. La pauvre femme en faillit mourir de frayeur. Lorsqu'elle sut comment la chose s'était passée, toute sa colère se tourna contre M. Thomas.

— Je ne vous pardonnerai jamais un procédé aussi féroce ! s'écria la faible mère en présence de Claude, qui écoutait fort attentivement, tout en faisant semblant de dormir : tuer mon fils, mon unique enfant, pour quelques mauvaises poires !...

— Cartouche a commencé par voler une poire, ma nièce ; et quant à tuer votre fils, je vous ai déjà dit que le fusil n'était chargé qu'à....

Ici le capitaine baissa subitement la

voix. Claude conclut de cette conver-
sation confidentielle, qu'il était l'in-
nocente victime de la brutalité de son
tuteur, et cette forte leçon, qui devait
le corriger pour toute la vie, fut tout
à fait perdue pour lui.

A quelque temps de là, on mit Claude
au collège. Il faillit se désespérer.
Manger du pain sec le matin lui parut
une chose si monstrueuse, que sa
mère fut obligée de lui promettre
qu'elle lui enverrait tous les mois une
caisse remplie de fruits secs, de pâtis-
series et de confitures. Encore volait-il

pour sa part la moitié des pommes du jardin, sans compter le dessert du proviseur. Lorsque Claude eut fini ses classes, son tuteur alla le chercher; sa pauvre mère avait cessé de vivre. Claude partit l'œil sec, sans laisser derrière lui un camarade qui le pleurât.

— Mille bombes! dit le vieux capitaine, cela se passait autrement de mon temps. Les adieux n'étaient pas si gais. Je me souviens qu'il fallut m'arracher des bras d'un demi-cent de mes connaissances, sans compter trois régents qui pleuraient comme....

— Comme des oisons, dit Claude en achevant la phrase ; pour moi, je ne serai jamais assez vite dehors d'une maison où l'on met tant de farine dans les sauces blanches !

———

III.

Claude Benoît fit rapidement son chemin : il était riche et puissamment protégé. M. Thomas l'avait fait entrer dans une administration : à trente ans, il était directeur. Du reste, c'était toujours, à l'habit brodé près, Claude

Benoît comme devant. Un de ses employés demandait-il une faveur?

— C'est bien, c'est bien, disait le directeur; j'irai dîner chez vous demain, nous en parlerons.

Il s'arrangeait toujours pour arriver chez ses amis au moment du dîner. L'invitait-on sans cérémonie?

— Sans cérémonie, répétait lentement M. Claude Benoît, qui craignait fort ces dîners-là depuis qu'on l'avait mystifié, un jour de dîner sans cérémonie, avec un plat de haricots; sans cérémonie, c'est parfait, mais entendons-nous : voyons un peu le menu du diner.

— Le bœuf bouilli de rigueur, répondait en riant la maîtresse de la maison, un fricandeau ; pour dessert du fromage....

— Hum! hum ! reprenait le directeur en secouant gravement la tête, si je ne suis pas de retour dans une demi-heure, qu'on ne m'attende point.

Arrivé dans la rue, M. Claude tirait son agenda de sa poche et prenait note du fricandeau. Si, dans la seconde maison qu'il honorait de sa présence,

il y avait un poulet à la broche, il
écrivait le poulet en gros caractères. Il
explorait ainsi tout le quartier, et,
revue faite des articles de son recueil
gastronomique, il se décidait con-
stamment pour le plus grand nombre
de plats.

M. Benoît venait d'épouser Mlle Thérèse de Beaumont, jeune fille douce et
jolie, qui lui apportait une fort belle
dot, lorsque, tout à travers la noce et
les festins, arriva pour le haut fonctionnaire l'ordre impératif de se rendre
sur-le-champ au Havre, afin de se

trouver au passage de l'empereur qui arrivait avec l'impératrice Marie-Louise.

— Il faut partir, mon neveu ! s'écria le vieux capitaine ; j'irai moi-même à la ville demain, et je porterai à Thérèse une corbeille de mes plus belles fleurs pour l'impératrice. On dit que Sa Majesté aime passionnément les roses ; elle appréciera mes roses mousseuses, j'en suis sûr.

Le lendemain, M. Claude Benoît faisait son entrée en voiture dans la ville du Havre par une porte, tandis que l'empereur Napoléon entrait par l'autre.

— Vous êtes bien soucieux, mon ami, dit Mme Benoît en regardant son mari avec inquiétude ; qu'avez-vous donc ?

— Je suis en peine de savoir où nous allons dîner, répondit piteusement le directeur. Ah ! justement, ajouta-t-il en se penchant à la portière, voilà mon nouveau cousin de Beaumont. Alfred, tu nous invites à dîner, n'est-ce pas ?

— Moi ! répondit un élégant jeune

homme en costume de garde d'honneur,
je n'en ai pas la moindre envie : est-ce
qu'on dîne aujourd'hui au Havre ?
L'empereur arrive !

— Peste soit des enthousiastes !
murmura Claude avec impatience. Mais
j'aperçois au détour de la rue la vieille
baronne de Lussac ; celle-là est noble
et aveugle : nous avons deux chances
pour nous.

Et il se hâta de descendre de voiture.

— J'ai l'honneur de présenter mes
hommages à madame la baronne !

s'écria Claude en se précipitant au-devant de la vieille dame.

— Monsieur Benoît, je crois? dit la baronne en s'appuyant sur le bras de son valet de chambre.

— Moi-même, qui vais avoir l'honneur de vous ramener chez vous, si vous voulez bien le permettre.

— Mais je ne vais point chez moi, mon cher monsieur Benoît, repartit vivement l'aveugle : je vais *voir* l'empereur !

— Voir l'empereur ! répéta Claude stupéfait.

Et, saluant la vieille dame, il remonta en voiture.

— Viens, Thérèse, dit-il à sa femme, il ne nous reste plus aujourd'hui que la table d'hôte.

IV.

Le directeur s'achemina fort tristement vers le meilleur hôtel du Havre. Enfin, après avoir fait remiser sa voiture, il entra dans la salle à manger avec sa femme et prit place à une grande table oblongue où se réunissaient habituellement les officiers de marine, en guerre ouverte, à cette époque, avec son administration.

Après avoir échangé entre eux quelques regards significatifs, les jeunes marins s'aperçurent bientôt que la pauvre Mme Benoît, totalement négligée par son mari, ne se nourrissait que du parfum des plats, comme une divinité de l'ancien régime grec. Un lieutenant de vaisseau en fit la remarque tout haut.

— Eh! mais, c'est vrai! s'écria Claude tout surpris.

Et, passant promptement à sa femme

une poignée de blancs d'asperges, dont il avait mangé les bouts, il se mit gravement à parler d'autre chose.

— Madame ne mange pas, fit observer un aspirant.

— Ah ça, dit Claude d'un ton fâché, vous y mettez donc de l'obstination, ma chère Thérèse ?

— Monsieur, dit un capitaine de frégate, s'il est permis d'être distrait, on peut dire que vous abusez de la permission : vous capturez depuis une heure tous les morceaux choisis que j'envoie à madame !

— Vraiment ? repartit Claude en éclatant de rire : pauvre femme, va !

Alors, enlevant légèrement à la pointe de sa fourchette une superbe perdrix qu'il convoitait depuis long-temps, il la mit sur l'assiette de Thérèse, qui en devint toute rouge d'embarras. Les officiers s'entre-regardèrent. Il n'y avait que deux perdrix sur la table, attendu qu'elles étaient fort rares. Cependant, comme il s'agissait d'une dame, chacun se tut par politesse. Mais lorsque Claude, enhardi par ce beau succès, se disposait à mettre sans façon l'autre perdrix sur son assiette, il s'éleva de tous côtés de bruyantes protestations.

— Pour madame passe, dit l'aspirant de marine, avec une grimace ironique ; mais pour vous, monsieur, halte là !

Et, s'emparant fort lestement de la perdrix, il la fit circuler autour de la table. Le haut fonctionnaire suivit les migrations de son oiseau favori avec des yeux larges comme des pleines lunes. Il eût peut-être cédé à la tentation de se rebiffer, mais il comprit qu'il avait affaire à des officiers auxquels un coup d'épée ne coûte rien, et force lui fut de dévorer son affront en silence.

Pauvre Claude ! Il offrait véritablement le type du gourmand : taille moyenne, front étroit, yeux vifs et brillants, nez court, joues pendantes, dents fortes, grandes et larges, lèvres développées, menton rond, obésité.

On le voyait à table tout ramassé sur lui-même pour être plus près de son assiette. Les bons et gros morceaux qu'il s'administrait ne l'empêchaient ni de parler ni de rire. Ses deux mains travaillaient à la fois. Sa physionomie était toute jouissance : ses lèvres étaient luisantes, sa langue promeneuse enivrait son palais de délices. De temps en temps il allongeait le cou, inclinait le nez à gauche, et rendait ainsi des arrêts approbateurs.

V.

Et pourtant, Claude savait qu'ici-bas
tous les plaisirs ont des bornes, et que
le gourmand expie tôt ou tard ses excès.
En effet, il lui était arrivé souvent
d'avoir beaucoup et longtemps mangé.
Déjà sa mâchoire fatiguée n'avait plus
ce mouvement rapide et régulier qui
annonce une mastication à la fois

agréable et facile; son estomac, malgré sa vigueur et sa capacité, semblait faiblir et demander grâce.

Mais soudain apparaissait sur la table quelqu'un de ces mets friands, que les latins nommaient *irritamenta gulæ*. L'homme sobre dont l'appétit est satisfait les regarde d'un œil froid; ses traits restent immobiles. Mais à cette vue, toutes les puissances dégustatrices de Claude s'ébranlaient; l'eau lui venait à la bouche; on apercevait dans ses yeux l'éclair du désir et sur ses lèvres entr'ouvertes l'irradiation de l'extase ; sa sensibilité gastrique, profondément surexcitée, lui faisait oublier qu'il avait dîné, qu'il avait bien et copieusement dîné.... Il recommençait. Pas n'est besoin de dire qu'il buvait à l'avenant, et cela sans avoir l'air d'y toucher.

Jusque-là tout allait à merveille ; mais il ne suffit pas d'ingérer, il faut digérer, et c'est ici que le rôle de M. Claude Benoît commençait à devenir fort triste. Consultons, en effet, parmi les gourmands de profession, ceux-là mêmes dont l'estomac est le

plus robuste ; ils nous diront que le
sentiment de pesanteur et de malaise,
que l'agitation et l'insomnie qu'ils
éprouvent d'ordinaire à la suite de
grands repas, compensent grande-
ment le plaisir qu'ils ont pu goûter
en se livrant à leur sensualité.
Comment alors concevoir que ces
gens-là ne se corrigent pas d'un tel
défaut ? C'est que chez eux l'instinct
parle plus haut que la raison ; autrement dit, c'est qu'ils tiennent plus de
la brute que de l'homme.

Mais ces êtres coupables, qui dévorent en un seul repas la subsistance de plusieurs familles, en seront-ils quittes pour un léger malaise qu'une abstinence de quelques heures va dissiper ? Non, certes; les suites de la gourmandise sont aussi longues que cruelles.

Pour premier châtiment, le goût des gourmands finit par se blaser sur les mets les plus délicats, sur ceux mêmes qui étaient l'objet de leur prédilection; leur appétit se perd, et des infirmités sans nombre viennent venger sur eux la raison méconnue et la morale outragée.

On conçoit avec peine comment l'estomac peut contenir et digérer le poids énorme de comestibles dont on le charge, souvent même sans besoin ; mais on peut avancer hardiment que la moitié des maladies qui affligent l'espèce humaine ont pour cause l'intempérance.

Mais revenons à Claude.

M. Claude Benoît, directeur de l'administration des.... (nous devons en omettre le titre par discrétion, car cette histoire est véritable et le héros bien connu), M. Claude Benoît, disons-

nous, ne pouvait manquer d'assister
au grand bal que la ville du Havre
donnait, le soir même de l'arrivée de
l'empereur, en l'honneur de la nouvelle
impératrice Marie-Louise.

Au moment où tout le monde se
pressait sur les pas de l'impératrice,
Claude se glissa doucement dans la
pièce où étaient les rafraîchissements.
A sa grande satisfaction, il s'y trouva
absolument seul. Après avoir fait une
ample consommation de glaces, de
sorbets, de meringues et de bonbons
de toute espèce, il faillit s'étrangler

d'admiration avec un gros biscuit à la vanille, en apercevant sur une table solitaire un magnifique gâteau de Savoie, destiné au souper de Marie-Louise. Il n'y avait pas moyen d'entamer une si belle pièce, protégée par une légère banderole de soie, portant les aigles de l'empire.

— Si je l'emportais? se dit Claude.

Il promena ses regards avec anxiété tout autour de la vaste salle.... Pas une âme ! Dans le salon voisin, deux personnes seulement qui lui tournaient le dos.

Claude laissa tomber en même temps ses deux mains sur le chef-d'œuvre de pâtisserie, le couvrit le moins mal qu'il put avec un pan de son habit, et se sauva comme un voleur surpris par la patrouille.

———

VI.

Le lendemain, vers dix heures du matin, Claude, étendu sur un canapé de velours bleu avec toute l'indolence d'un pacha, dévorait le délicieux gâteau de Savoie en savourant son café à la crème, lorsque son domestique vint lui annoncer la visite de l'administration en masse.

— Qu'est-ce que cela signifie? demanda le directeur, la bouche pleine.

—Cela signifie, monsieur, que tous vos employés sont là, en habit de cérémonie et en gants blancs. Ils remplissent l'antichambre. Je ne les ai jamais vus si beaux !

— Tous! dites-vous, répéta M. Benoît en achevant sa tasse de moka.

— Il n'y manque pas un garçon de bureau !

— Et savez-vous ce qu'ils me veulent ?

— Ces messieurs insistent fortement pour avoir, disent-ils, l'honneur de vous féliciter....

— Me féliciter ! répéta Claude en se parlant à lui-même.... me féliciter !... Je ne sais pas de quoi, par exemple !... Allons, faites entrer.

La porte s'ouvre, et le directeur voit son antichambre encombrée d'employés et de surnuméraires qui, tous, le chapeau bas et le sourire des grandes occasions sur les lèvres, s'inclinent en l'apercevant.

— Nous venons vous offrir nos

félicitations empressées, monsieur le baron, dit le chef de bureau.

— Monsieur le baron ! répète Claude, plus que surpris.

— Sans doute ! A quoi bon le nier ? Toute la ville ne sait-elle pas que l'empereur, pour prix de vos bons et loyaux services, a daigné hier au soir....

— François, s'écria Claude tout rayonnant de joie, en s'adressant à son domestique, allez vite chercher madame *de* Benoît !

— L'empereur a daigné hier au soir, continua l'employé en se courbant jusqu'à terre, vous nommer baron *de*

Savoie....

— Baron de Savoie! murmura fai-

blement le pauvre directeur. Je suis

mystifié!

— Avec un énorme biscuit d'or sur

champ de gueules pour armoiries!

cria du fond de l'antichambre un petit

officier de marine qui s'était faufilé avec

la députation.

Les employés se regardèrent tout

ahuris. Il se fit un profond silence.

Tout à coup, une porte s'ouvre avec

fracas, et Mme Benoît apparaît en

simple jupon de basin, enveloppée dans un châle de nuit, les cheveux en papillottes d'un côté et frisés de l'autre.

— Je vous en supplie, renvoyez ces messieurs ! s'écrie la pauvre femme, pâle comme une morte. Moi seule je dois vous instruire....

La députation se retira épouvantée : chaque employé croyait déjà tenir sa destitution dans sa poche.

— Vous avez volé hier au soir un gâteau de Savoie destiné à l'impératrice ! poursuivit Mme Benoît en dévorant ses larmes ; pendant cette belle expédition, deux personnes épiaient fort attentivement tous vos mouvements dans une glace : l'une de ces deux personnes était le capitaine de frégate avec lequel nous avons dîné....

— Thérèse, je me trouve mal ! dit Claude en se laissant tomber dans un fauteuil.

— Attendez, continua Mme Benoît en se croisant les bras sur sa poitrine : l'autre personne était.... l'empe-reur !

— L'empereur ! Mais je suis perdu ! Et qu'a-t-il dit?... Parlez, Thérèse, mais parlez donc, quand je devrais en mourir !

— Il a dit, continua la pauvre femme à moitié folle de honte et de douleur, il a dit : « Voilà un homme qui vendrait son âme pour une dinde truffée ! »

— L'empereur a dit cela ? reprit avec accablement le malheureux directeur. Vous voyez bien, madame Benoît, que je suis un homme mort !

— Ce n'est pas tout ; je viens de recevoir ce billet de votre oncle le capitaine....

— Donnez, donnez, Thérèse ; c'est le coup de grâce, j'en réponds !

Le billet de M. Thomas était conçu en ces termes :

« Monsieur le baron, comme le titre brillant dont vous venez de vous affubler ne me va pas du tout, j'ai l'honneur de vous informer que je viens de faire mon testament en faveur de la vieille garde ; j'ai l'agrément de l'empereur. »

— Dix mille livres de rente de moins ! s'écria Claude en froissant le papier avec rage. Allons, je vais faire semblant d'être malade et envoyer ma démission.

— C'est le seul moyen qui vous reste, répondit tristement sa femme.

— Au moins je vous promets, Thérèse, que me voilà bien corrigé!

— Hélas! dit Mme Benoît en poussant un profond soupir, vous avez passé l'âge où l'on se corrige!

Trois mois après, l'ex-directeur mourut d'une indigestion.

FIN.

Rouen. — Imp. MÉGARD et Ce, rue S.-Hilaire, 136.